LES ENFANTS DE MON MEC...

Leduc.s Humour est une marque des éditions Leduc.s. Découvrez la totalité du catalogue Leduc.s et achetez directement les ouvrages qui vous intéressent sur le site :

www.editionsleduc.com

Retrouvez toute l'actualité Leduc.s Humour sur les réseaux sociaux

Édition : Clémentine Sanchez
Maquette : Stéphanie Aguado
Design couverture : Antartik

10, place des Cinq-Martyrs-du-Lycée-Buffon
75015 Paris
ISBN : 979-10-285-1682-6

Madame de Trémaine
& Reine Grimhilde

LES ENFANTS DE MON MEC...

- [ ] sont terriblement attachants
- [ ] sont un peu comme les miens, au fond
- [x] ressemblent beaucoup trop à leur mère

LEDUC.S
HUMOUR

L'origine du terme est assez floue, mais, globalement, on suppose que c'est la trouvaille d'un stagiaire de troisième. Parce qu'il faut quand même être con – ou en troisième – pour choisir un terme qui existait déjà pour définir une autre fonction.

Belle-mère : nouvelle femme d'un homme avec des enfants.

MAIS AUSSI :

Belle-mère : maman du conjoint.
Sachant que dans 99,9 % des cas, on déteste la mère de son conjoint, est-ce une coïncidence que nous ayons hérité de la même appellation ?
Nous ne croyons pas.

Au commencement était donc le nom,
et ça partait vraiment mal.

LE SAVIEZ-VOUS ?

Le mot « pénis » possède plus de 200 synonymes dans la langue française. C'est l'un des records en la matière.

Le mot « belle-mère » dans une famille recomposée, lui, en possède un seul. Et en plus, il est tout pourri*.

PÉNIS : 1
NOUS : 0

** Pour le connaître, rendez-vous à la page suivante ! #reinesdususpense*

MARÂTRE

Définition de Wikipédia : « La marâtre ou belle-mère d'une personne est la conjointe de son père quand celle-ci n'est pas sa mère. »

Jusqu'ici, tout va bien, c'est après qu'on prend cher.

Étymologie (selon Wikipédia, toujours) : « "Marâtre" vient de l'ancien français *marastre* ("belle-mère"), issu du bas latin *matrastra* ("seconde femme du père"). »

Les belles-mères n'étant pas toujours tendres envers les enfants d'un premier mariage (WTF n°1), le terme « marâtre » est devenu synonyme de « mauvaise belle-mère » (WTF n° 2). « Marâtre » est également devenu synonyme de « mauvaise mère » pour désigner, le cas échéant, la mère biologique (WTF n° 3).

RIONS ENSEMBLE !

Pour désigner notre rôle de nouvelle femme du père,
il existe donc soit un terme qui désigne aussi sa mère,
soit un terme qui veut dire que l'on est mauvaise.
Le mot « belle-mère » n'a donc quasiment
pas de synonymes.
En revanche, réjouissons-nous,
il veut dire plein d'autres choses.

Par exemple ?

- Au Québec, une « belle-mère » désigne un ancien Premier ministre (Oh, un masculin !) un peu trop langue de pute (Oh, un féminin !).

- En botanique, la « belle-mère » désigne un cactus avec de grosses épines.

- Dans les métiers des transports, une « belle-mère » désigne une remorque.

- Dans le bâtiment, le test de la belle-mère consiste à balancer un sac rempli de billes d'acier pour tester la résistance d'une vitre ou d'une porte.

Alors, les filles, elle est pas belle, la vie ?

11 PISTES QUI AURAIENT DÛ VOUS METTRE LA PUCE À L'OREILLE SUR LE FAIT QUE CE TYPE AVAIT DES ENFANTS

☐ Il a un siège auto dans sa voiture.

☐ Certains jours, il sent le Dop® à la fraise.

☐ Il a quasiment toute la collection des magnets Départ'aimants Le Gaulois®.

☐ Il a souvent dans la tête le générique de *Miraculous, les aventures de Lady Bug et Chat Noir.*

☐ Il a des poux.

☐ Vous n'êtes pas sur le fond d'écran de son téléphone.

☐ Il ne travaille pas le mercredi.

☐ Il a une photo d'identité d'enfant dans un petit cadre en plastique accroché à son trousseau de clés.

☐ Il y a des Chocapic® dans son placard de cuisine.

☐ Il connaît tous les parcs du coin.

☐ Il a un poisson rouge qui s'appelle Bubulle.

Attention, phrase con # 1

« En même temps tu le savais, quand même, qu'il avait des enfants. »

Deux enseignements de taille, donc :

1. On aura le droit de nous plaindre de notre statut de belle-mère si, et seulement si, on découvre par hasard l'existence de beaux-enfants, dissimulés sous un lit.

2. Sur notre lit de mort, il sera interdit de pousser des gémissements plaintifs parce qu'après tout, on le savait bien, quand même, qu'on allait mourir un jour.

Tu sais que tu es belle-mère quand…

… un week-end sur deux, le vendredi soir, t'aurais presque envie d'être déjà lundi.

« Pour pouvoir contempler un arc-en-ciel, il faut d'abord endurer la pluie. »

Proverbe chinois

33 TRUCS QUI RIMENT AVEC « BELLE-MÈRE », COMME PAR HASARD

Enfer
Misère
La croix et la bannière
Cimetière
Centrale nucléaire
Désert
Guerre
Suicidaire
Sphincter
Protocolaire
Geôlière
Revolver
Cancer
Nerf
Amer
Disciplinaire
Découvert
Mortuaire
Embolie pulmonaire
Bipolaire
Patibulaire
Glaire
Funéraire
Civière
Totalitaire
Pénitentiaire
Lapidaire
Sanguinaire
Somnifère
Grabataire
Viscères
Muselière
Lucifer

8 TRUCS QUI RIMENT AVEC « MARÂTRE » (C'EST DE MIEUX EN MIEUX)

Abattre

Battre

Acariâtre

Verdâtre

Combattre

Gériatre

Psychiatre

Neuropédiatre

OK, il a des enfants. Mais ça pourrait être pire, il pourrait avoir :

- Des poux
- Des ongles longs aux mains
- Des ongles de pieds jaunes
- Des petits dépôts blancs au coin des lèvres qui font des fils quand il parle
- Une housse de téléphone à clapet
- Des claquettes qu'il porte avec des chaussettes
- Des stickers en forme de coquelicots dans l'entrée
- Une cuvette de toilettes à message humoristique
- Un lave-vaisselle dans lequel il faut poser les couverts à plat, bien alignés

[LA CONFESSION MARÂTRE #1]

SI TOI AUSSI...

Quand tu vois des traces de merde dans la cuvette, tu en déduis logiquement que c'est encore ton beau-fils qui est passé par là.

(Même quand c'est TON fils qui a la gastro.)

Devinette
Je passe mes soirées à laver des pyjamas et mes week-ends à faire des allers-retours à des activités, et pourtant, je n'ai jamais de dessins pour la fête des Mères. Qui suis-je ?

Réponse : une marâtre qui se fait bien enfler niveau gestion du foyer.

Interro surprise !

Les Anglais, ces êtres infiniment plus intelligents que nous, ont pondu deux termes différents pour « belle-mère », l'un désignant la mère du conjoint, l'autre désignant la nouvelle femme du père.

Reliez les phrases suivantes à la bonne traduction :

1. *I am her stepmother.* •	• A. Brian est dans la cuisine.
2. *Brian is in the kitchen.* •	• B. Je suis la mère de son mari.
3. *I am her mother-in-law.* •	• C. Je suis la nouvelle femme de son père.

Réponses : 1C ; 2A ; 3B.

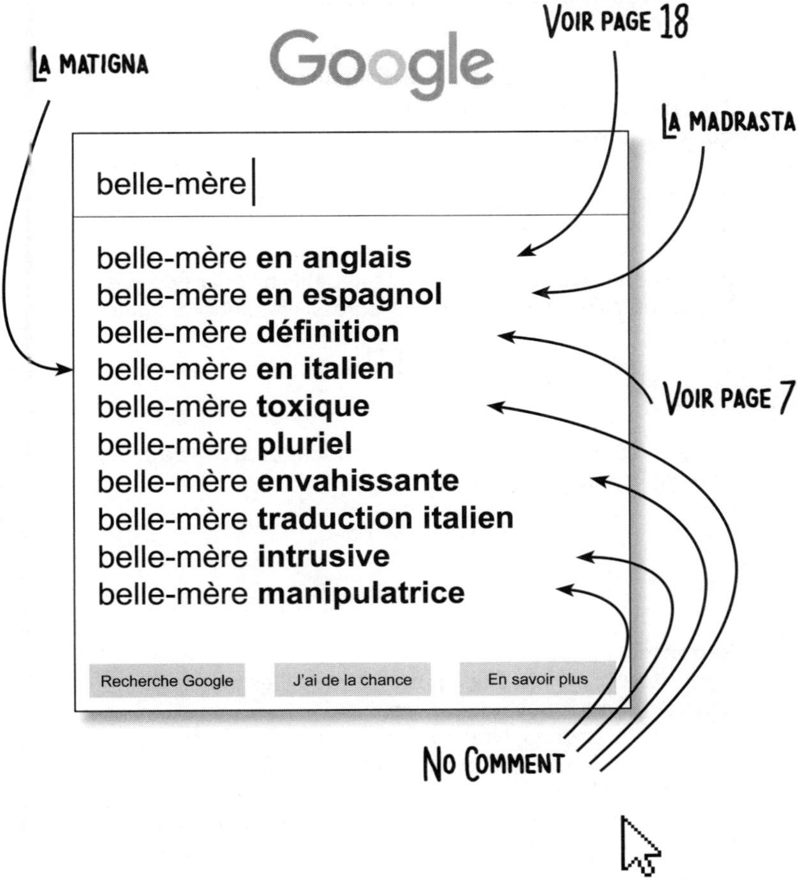
La matigna
Google
Voir page 18
La madrasta
belle-mère
belle-mère en anglais
belle-mère en espagnol
belle-mère définition
belle-mère en italien
belle-mère toxique
belle-mère pluriel
belle-mère envahissante
belle-mère traduction italien
belle-mère intrusive
belle-mère manipulatrice
Voir page 7
Recherche Google
J'ai de la chance
En savoir plus
No Comment

TEST EXPRESS
Êtes-vous une belle-mère normale ?

1. Vous souffrez terriblement de devoir partager l'amour de votre conjoint.

☐ OUI ☐ NON

2. Vous éprouvez des sentiments négatifs à l'égard de vos beaux-enfants : jalousie, colère, agressivité, dégoût, haine...

☐ OUI ☐ NON

3. Vous n'êtes pas d'accord avec l'éducation que votre conjoint donne à ses enfants.

☐ OUI ☐ NON

Réponses

• Vous avez coché « Oui » partout, vous êtes une belle-mère normale. Vous pouvez respirer.
• Vous avez coché « Non » partout, vous n'êtes pas une belle-mère normale. Il va falloir songer à consulter, ma grande !
• Vous avez mixé les « Oui » et les « Non ». Allez, on vous l'avoue, ça nous agace un peu, les gens qui ont tout le temps le cul entre deux chaises.

On évitera...

{ ... de poser à notre mec des questions cons du genre : « Tu regrettes de les avoir eus, tes mômes ? » }

Je suis une
super-belle-mère.
C'est comme être
une belle-mère,
mais avec une cape.

ERREUR DE BELLE-MÈRE : POSER UN ULTIMATUM

Du type : « C'est moi ou tes enfants. » Un grand classique, mais aussi une grande connerie.

Puisque s'il choisit les enfants, on l'a dans l'os, et s'il ne choisit pas les enfants, on n'a pas très envie de rester avec un mec capable de renoncer à ses propres mômes pour un ultimatum à la con.

Décryptage #1

Ce qu'il vous écrit :

Mon ex me harcèle pour
qu'on prenne les enfants
toutes les vacances de Pâques…
T'en penses quoi ?

Ce qu'il faut comprendre :

C'est validé depuis un mois
avec mon ex, j'aurai les enfants
deux semaines à Pâques.

COMMENT SE COMPORTER AVEC L'EX DE SON AMOUREUX (ACCESSOIREMENT LA MÈRE DE VOS BEAUX-ENFANTS)

C'est La Palice qui le dit : il y a autant d'ex que de comportements à adopter.

L'EX PARFAITE

Le problème

Ça fait un peu mal au cul de l'admettre, mais son ex est proche de la perfection. Même en y mettant toute la mauvaise volonté du monde, on ne pourra jamais dire du mal d'elle sous peine d'être traitée de sorcière par l'ensemble de la famille.

Belle, des cheveux plus brillants que ceux de Barbie, bien gaulée, bien lookée, gentille, intelligente, cultivée, engagée dans l'humanitaire, trie ses déchets, cuisine bio, ne dit jamais du mal de nous à ses enfants, passe tous ses mercredis avec eux, fait des ateliers pâte à sel, organise des anniversaires à Center Parcs®, n'oublie jamais de signer les carnets de correspondance, N'EN JETEZ PLUS. Elle est parfaite on vous dit.

La solution

Comme elle nous aime sincèrement, on ne peut décemment pas la détester en public. On n'a absolument pas d'autre choix que de devenir amie avec elle, Madame Parfaite. Ce n'est pas compliqué et son aura rejaillira forcément sur nous. Notre mec nous aimera encore plus (est-ce possible ?) et ses enfants seront obligés de faire avec nous sans trop poser de problèmes. Un petit sacrifice pour une grande paix au foyer recomposé.

L'EX RELOUE

Le problème

Ce n'est pas qu'elle est méchante, l'ex reloue, non non, simplement, comme son nom l'indique, elle est vraiment reloue.
Elle envoie 25 SMS à la minute au père de ses enfants (votre amoureux, donc), faits de conseils et recommandations en tout genre qui ont le don de vous exaspérer. Bon, OK, il vous en faut peu, mais quand même : « N'oublie pas de donner son sirop contre la toux à Victor », « Tu as vérifié les devoirs de Lola ? », « Tu penses à leur mettre leur écharpe demain matin, ils annoncent 2°C ! », « Ne leur donne pas de pâtes ce soir, ils ont déjà mangé des féculents hier midi », etc.

La solution

On la rencontre en tête à tête et on discute calmement avec Madame Reloue, tendance angoissée. Surtout, on la rassure ! On lui montre que l'on est adulte (même si c'est moyennement vrai quand on se bourre un peu la gueule quand les mômes sont couchés —oui, oh, ça va !), que l'on ne laisse jamais courir les enfants nus sous la neige et qu'ils mangent autre chose que du McDo quand on les a à la maison.

Si, malgré tout, elle continue à textoter comme une possédée, on pose un ultimatum à son mec : « Je te préviens, Jean-Gilbert, tu ne réponds plus à aucun de ses SMS, sinon je te largue sur le champ ! »

L'EX FOURBE

Le problème

C'est une vraie sournoise, vous voyez le petit sourire en coin qui veut dire que malgré tout, elle pense que vous êtes une grosse connasse et que son ex est tombé bien bas avec vous ? Eh ben, voilà, c'est tout elle, ça !

Devant vous, elle est toute mielleuse. Par-derrière, elle sort des atrocités à ses enfants vous concernant. Elle ne supporte pas que son ex ait refait sa vie ; encore moins que ses enfants vous trouvent sympa. L'autre jour, elle vous a appelée pour vous dire que c'est TELLEMENT gentil d'avoir offert ce charmant collier à Gabrielle pour son anniversaire, mais quand même, « tu ne sais pas qu'elle est allergique au plaqué ?! »
Forcément, elle fout un peu la merde, mais ça ne va pas se passer comme ça !

La solution

Il n'y en a qu'une : on lui colle une bonne grosse honte devant tout le monde. On lui met le nez dans sa fourberie.

Tenez, par exemple, un jour où elle vient chercher ses mômes à la fin d'un week-end, on en profite et on lui demande, tout sourire : « Dis-moi, Laure, les enfants nous ont raconté l'autre jour que tu disais souvent que j'étais une grosse feignasse qui était en couple avec leur père juste pour son argent. Ils sont fous, hein, à inventer de telles histoires ! T'inquiète, je sais que jamais tu ne leur sortirais des horreurs pareilles. Mais bon, faudrait peut-être qu'ils voient une pédopsy... Allez, bonne soirée ! »

L'EX INVISIBLE

Le problème

La meuf, on dirait qu'elle n'existe même pas. On l'a aperçue une fois 30 secondes sur le pas de la porte, elle ne téléphone pas, n'insulte jamais son ex, ne demande pas à intervertir les week-ends, ne fait pas de reproches, ne gueule jamais quand on a oublié de faire réviser ses maths à Kévin. On ne sait même plus si elle est brune ou blonde, belle ou moche, sympa ou conne. Il paraît qu'elle a toujours été comme ça : inexistante.

Le problème, c'est que nous, super-belles-mères drôles, irrésistibles et merveilleuses, on en a un peu marre d'être idolâtrées par des mômes qui ne sont même pas les nôtres. C'est fatigant et ça met une pression de dingue à toujours faire mieux et être au top de la « marâtrie » ... Et parfois, on aimerait bien que l'ex invisible demande du rab de gamins même si ce n'est pas son jour.

La solution

Nous détendre et apprécier le fait que nos beaux-enfants nous kiffent genre presque autant que leur mère, l'ex invisible. C'est loin d'être courant, et puis c'est toujours mieux que se coltiner l'ex fourbe (cette connasse, rappelez-vous).

L'EX (FRAÎCHEMENT) EN COUPLE

Le problème

Le problème, ce n'est pas vraiment elle, l'ex. Elle est plutôt pas désagréable et sympathique malgré sa condition d'ex. Pas trop envahissante en général, elle ne ramène pas trop sa fraise quant à l'éducation et le bien-être des enfants.
Non, le problème, c'est qu'elle a rencontré un mec il y a quelques mois et que c'est l'amour fou, après des années d'errance sentimentale suite à son divorce d'avec Mamour. On est vaguement contentes pour elle et on se serait arrêtées là si elle n'avait pas décidé que ça serait « trop cool » de se faire des dîners à quatre, comme les couples modernes, tiens, tu vois, comme dans le film avec Marina Foïs et Laurent Lafitte, *Papa ou Maman 2* ?! (Oui, on voit...)
Mamour aussi trouve bien que c'est un peu bizarre, mais bon. Oui, bon, le problème est là : Mamour n'ose pas dire à l'ex (fraîchement) en couple que c'est non seulement bizarre, mais aussi que ça commence à nous gonfler sévère !

La solution

Pour éviter de se mettre l'ex à dos — ce qui n'est jamais très bon pour la paix des ménages, surtout s'ils sont recomposés —, il va falloir biaiser.
OK pour quelques dîners avec le couple frais, mais jamais à quatre ! On invite un, deux, voire trois autres couples d'amis en même temps qu'eux et hop, ça fait diversion. Peut-être même qu'avec un peu de chance, ils trouveront de nouveaux BFF avec qui socialiser… et ne voudront plus jamais copiner avec nous. Quel soulagement !

[LA CONFESSION MARÂTRE #2]

SI TOI AUSSI...

Tu ne peux pas t'empêcher de relever le symbole quand il t'appelle par erreur par le prénom de sa fille.

“

On ne dit pas…
« Ma belle-fille ? C’est plus fort que moi, je ne peux pas l’encadrer ! »

On dit plutôt…
« Ma belle-fille ? C’est une enfant à besoins spécifiques. »

”

L'INSTANT « TOLÉRANCE ZÉRO »

Si notre tolérance envers nos enfants peut être très grande, amplifiée par nos sentiments, elle peut devenir très faible, voire nulle, lorsqu'il s'agit des enfants de l'autre, pour la simple raison que ce ne sont pas nos enfants. Eh ouais, simple et basique, comme dirait l'autre !

La grasse matinée

★★★

Votre grand de 13 ans n'émerge jamais avant midi le week-end et vous n'avez jamais le cœur de le réveiller. Le gronder, vous n'y pensez même pas, il est en pleine croissance, le pauvre chéri, laissons-le dormir !

Et puis il vous a tellement fait chier petit à se lever au chant du coq (figure de style, vous habitez en appartement en centre-ville), qu'on ne va pas se mentir : ça fait un bien fou. En plus, il zappe le petit déjeuner, par ici les économies !

Pourtant, quand Noémie, 13 ans elle aussi et fifille chérie de votre bien-aimé, sort de son lit vers l'heure du déjeuner, vous avez toujours une irrésistible envie de la baffer.

Quelle feignasse, celle-là, elle se lève pour mettre les pieds sous la table, elle ne vient même pas faire le marché avec vous, elle va encore déjeuner en pyjama, quelle honte, mais comment elle a été élevée, JE TE FOUTRAIS TOUT ÇA EN PENSION !

> Quand mes beaux-enfants sont enfin couchés, je ressens comme un mélange de joie et de… Non, que de la joie, en fait.

LE PLUS GROS FANTASME SUR LA FAMILLE RECOMPOSÉE : TOUT LE MONDE IL EST BEAU

Le fantasme

Vous vous aimez follement avec votre conjoint. C'est beau, c'est fort, comme dans un film de Lelouch. Forcément, avec ses enfants, tout va se passer merveilleusement bien, vous allez les adorer, ils vont être fan de vous, ils vont rire de vos blagues, vous trouver belle et intelligente, ils iront se coucher à 20 heures après avoir rangé leur chambre. Vous formerez une famille si unie et lumineuse qu'on se retournera sur vous dans la rue tellement vous transpirerez le bonheur familial.

La réalité

Vous avez du mal à les supporter plus de 24 heures, ils sont chiants, insolents, leur père leur cède tout, vous n'avez plus d'intimité avec votre aimé. Vous n'allez jamais pouvoir tenir jusqu'à leur majorité. Vous avez envie de vous suicider (vous êtes une *drama queen*, ça n'aide pas).

Qu'est-ce qu'on fait ?

D'abord, sachez que vous avez tout à fait le droit de trouver ses enfants cons et moches. Il faut simplement ne pas le dire ni le montrer, et faire preuve de patience. Rome ne s'est pas faite en un jour, eh bien c'est pareil pour la famille recomposée. À force, vous arriverez tous à cohabiter et à vous respecter (si, si).

Tu sais que tu es
belle-mère quand...

... chaque été, tu espères
que cette fois, ton nom
aussi apparaîtra sur
la carte postale envoyée
à leur père,
à votre domicile.

[LA CONFESSION MARÂTRE #3]

SI TOI AUSSI...

Tu ne supportes pas que son môme ait toujours la fève. Et jamais le tien.

Quand c'est bientôt Noël

La belle-mère parfaite	La belle-mère indigne
« Les enfants, il est temps de décorer le sapin ! Mais d'abord, fabriquons ensemble des boules en plastique recyclé ! »	« Un sapin ? T'es sûr ? T'es grand pour ça, non ? Je te rappelle que tu vas quand même sur tes 6 ans. »

Si t'es une marâtre et que t'as pas ça, t'as vraiment raté ta vie

- ☐ Un poireau sur le nez
- ☐ Une ou deux filles moches et méchantes
- ☐ Une voix nasillarde
- ☐ Des sourcils hyperfoncés
- ☐ Un mec complètement soumis
- ☐ Un rire machiavélique
- ☐ Des doigts crochus
- ☐ Un château à la campagne
- ☐ Une belle-fille qu'il entretient gratos
- ☐ Un petit problème avec ton image
- ☐ Un gros problème avec ton âge

On évitera…

{ … de couper le wifi quand les beaux-enfants sont là-haut, pour le seul plaisir de les voir descendre en hurlant. }

Attention, phrase con #2

« ÇA VA, TU LES AS PAS TOUS LES JOURS. »

Tu as raison, la moitié de l'année, ça passe vite, finalement.

Êtes-vous faite pour être belle-mère ?

* * *

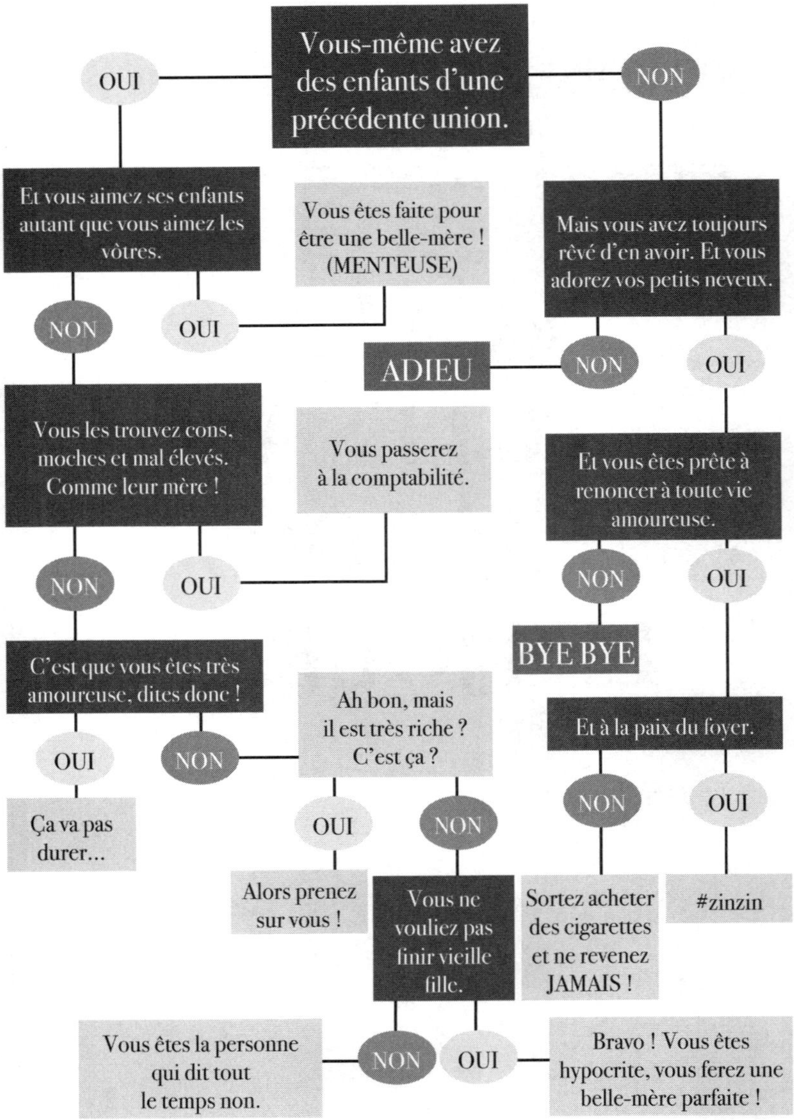

10 CHOSES PIRES QUE D'ÊTRE BELLE-MÈRE

☐ Ne pas avoir de tire-bouchon dans la maison.

☐ Gagner (beaucoup) à l'Euromillions et égarer son ticket.

☐ Tirer trois boules noires à Motus.

☐ Faire le *Dry January* (ne pas boire une goutte d'alcool durant tout le mois de janvier) (oui, l'horreur).

☐ Les santiags de Jean-Luc Lahaye.

☐ Avoir un abcès dentaire.

☐ Le retour du short cycliste en Lycra®.

☐ La tête de veau.

☐ Un Gilet jaune sans rond-point.

☐ Avoir une infection urinaire pendant un voyage en car de 14 heures. Avec seulement deux pauses pipi.

Devinette
J'ai trois enfants en garde alternée, un boulot qui me retient jusqu'à 20 h 30, pas les moyens de payer une nounou, mais quand j'arrive, mes enfants sont lavés et ont fini de dîner. Qui suis-je ?

Réponse : un mec qui a intérêt à être reconnaissant envers sa nana pour tout ce qu'elle fait pour lui et pour eux.

Êtes-vous belle-mère d'ados ?

La réponse est « oui », si vous cochez au moins une de ces cases.

☐ Ça sent la salade de fruits Yves Rocher dans la salle de bains quand Manon, Léa et Capucine viennent se préparer chez vous pour la soirée.

☐ Tous vos rasoirs ont disparu.

☐ C'est marrant, le frigo est vide alors que vous étiez pourtant sûre d'avoir fait les courses hier.

☐ Quand le wifi coupe, des cris de fauve vous parviennent de l'étage.

☐ Chez vous, la musique d'ambiance, ce sont des bruits de notifications.

☐ Ici, les chargeurs d'iPhone disparaissent miraculeusement.

☐ Il y a un lisseur à cheveux branché à l'une des prises du salon.

☐ Ça sent un peu la transpiration.

☐ Et les pieds, aussi.

☐ On dirait bien une bite, dessinée dans la buée du miroir de la salle de bains.

Décryptage #2

Ce qu'il vous écrit :

> Bibiche, ça te dirait qu'on aille faire les courses de Noël ce soir, en sortant du bureau ?

Ce qu'il faut comprendre :

> J'ai pas trop de thunes, ni d'idées d'ailleurs, tu veux bien te charger des cadeaux des enfants ? Merci.

LA PETITE AFFICHE ENCADRÉE DANS L'ENTRÉE

Chez vos amis

« Excusez le désordre, les enfants se créent des souvenirs. »

Chez vous

« Excusez le désordre, les beaux-enfants ne branlent rien. »

« Être belle-mère, c'est aussi pouvoir s'enfiler tous les chocolats du calendrier de l'Avent de ses beaux-enfants la semaine où ils sont chez leur mère. »

13 CHOSES À ÉVITER

SI L'ON VEUT QUE SES BEAUX-ENFANTS VIENNENT LE MOINS POSSIBLE À LA MAISON

☐ Emménager à moins de 500 mètres de l'école.

☐ Avoir un trampoline dans son jardin.

☐ Être super-cool, niveau horaires de sortie, avec les beaux-enfants ados.

☐ Leur attribuer la chambre du rez-de-chaussée, avec vue directe sur les soirées de liberté.

☐ Investir dans une friteuse.

☐ S'offrir un abonnement à Canal+. Et à la fibre.

☐ Avoir une piscine. Même minuscule.

☐ Avoir un chien/chat de moins de 6 mois. Après, ils sont beaucoup moins instagrammables.

☐ Rapporter la toute dernière console de jeux de son dernier voyage au Japon.

☐ Laisser traîner sa beuh sur la table basse.

☐ Pâtisser aussi bien que Mercotte.

☐ Faire la même pointure qu'eux.

☐ Jouer avec eux aux Playmobil®, Polly Pocket®, Monopoly®, etc. *Rien. Ne faites surtout rien avec eux.*

Mon amour,
Je suis partie boire
un verre avec des potes
parce qu'il y a des soirs,
comme ça, où j'ai envie
d'emplafonner tes enfants.
Si je ne suis pas rentrée
dans deux heures,
relis ce message.

L'INSTANT « TOLÉRANCE ZÉRO »

LA TACHE

C'est votre « gros » achat de 2018, LE canapé ! Celui dont vous rêviez depuis des mois, aperçu dans tous les intérieurs des instagrammeuses bankables, le canapé en velours rose qui vous a coûté une blinde certes, mais vos copines se sont tellement extasiées sur lui, en poussant des petits cris jouissifs, depuis qu'il est arrivé chez vous, que vous ne regrettez absolument pas.
L'autre jour, vous avez poussé un cri d'effroi en découvrant une petite tache marronnasse sur un des accoudoirs. Vous avez hurlé plus fort qu'un putois et demandé : « QUI A FAIT ÇA ? » sur un ton si menaçant que votre belle-fille a bien été obligée d'avouer, d'une toute petite voix, qu'elle avait peut-être bu comme un porc son chocolat chaud alors qu'elle regardait la télé.
Et là, vous êtes devenue dingue : « Mais tu es complètement malade, ma pauvre, d'où tu bois sur le canapé, la cuisine, c'est fait pour les chiens peut-être ? Tu sais combien ça coûte, un canapé comme celui-là ? Puisque c'est comme ça, le prix du nettoyage sera déduit de la pension alimentaire que ton père donne à ta mère, ha ha ha, ça va moins rigoler, hein ?! » (Oui, vous êtes excessive.)
Quelques jours plus tard, c'est une trace noire que vous avez découverte sur le joli velours rose. Encore une fois, vous avez failli vous étrangler et partir en quenouille. Mais cette fois, c'était Victor, votre fils chéri, qui n'avait pas retiré ses Nike dégueulasses avant de zoner dans le canapé, comme vous l'aviez clairement précisé mille fois.
Interdite par sa désinvolture, mais attendrie par son côté « tête en l'air » si touchant (ça vous rappelle vous au même âge), vous lui avez lancé un timide : « Oh, t'es chiant quand même, tu pourrais faire attention, bichon ! » Et vous vous êtes lancée dans une séance K2r® sans piper mot.

On évitera…

… à la question :
« Tu l’as rencontré
quand, papa ? »,
de répondre : « Quand
tu étais dans le ventre
de maman. »

ERREUR DE BELLE-MÈRE : VOULOIR À TOUT PRIX PLAIRE À SES BEAUX-ENFANTS

Les beaux-enfants, c'est comme les chats. Plus on en fait, plus ils nous regardent de travers. Le secret, c'est de leur montrer à quel point vous n'en avez rien à carrer qu'ils s'attachent à vous, à quel point ça ne va pas du tout jouer sur votre relation de couple, à quel point vous n'avez pas du tout peur de ces premiers moments passés ensemble et de tout ce qui va se jouer alors, bref, à quel point vous n'avez absolument pas envie ni besoin qu'ils vous aiment.

Pour cela, évitez de vous adresser à eux comme s'ils étaient des demi-dieux, laissez tomber les parcours et sorties culturelles que vous aviez prévu de faire, remettez à plus tard votre projet de gâteau licorne à trois étages, renvoyez en Chine le lot de baskets clignotantes que vous vous êtes fait livrer dans toutes les pointures.

Soyez vous-même, et ce sera déjà un super-bon début.

[LA CONFESSION MARÂTRE #4]

SI TOI AUSSI...

Tu trouves ridicule le prénom de ta belle-fille.

Au point de l'appeler définitivement « bichette ».

Décryptage #3

Ce qu'il vous écrit :

> T'es déjà à la maison ? Je t'aime.

Ce qu'il faut comprendre :

> Je ne serai pas rentré
> quand les enfants vont arriver.
> Il faudrait que tu sois là,
> sinon je suis dans la merde.

Quand son ado t'a encore volé ton rasoir dans la salle de bains

La belle-mère parfaite

« Ma chérie, je trouve ça génial que tu commences à devenir coquette et à t'intéresser aux "choses de filles". Si tu veux, je peux même te prendre un rendez-vous pour une épilation laser histoire d'éradiquer tout ça une bonne fois pour toutes. »

« Comment ? Si ça ne me dérange pas que tu m'empruntes régulièrement mon rasoir ? Mais alors pas du tout, ma chérie, voyons, nous sommes une famille.
Et une famille, ça partage tout ! »

La belle-mère indigne

« Tu pourras dire à TA fille qu'elle arrête une bonne fois pour toutes de me piquer MON rasoir, s'il te plaît ? Non seulement c'est dégueulasse, tout ce mélange de poils, mais en plus, ça fait chier de chier, je me retrouve à chaque fois bredouille quand je suis à poil dans la douche !

« Putain, elle ne peut pas avoir ses propres rasoirs ou au moins me demander avant de le voler, cette petite mesquine ! C'est bien la fille de sa mère, tiens. »

Le moment d'espoir, offert par Calogero

On l'avait plus ou moins quitté en apesanteur – on serait bien restées coincées avec lui dans cet ascenseur, mais ce n'est pas le sujet qui nous intéresse aujourd'hui –, depuis, il a, lui aussi, recomposé sa vie personnelle.

Il a eu deux filles avec son ex-femme et un petit garçon avec sa nouvelle compagne. Pour lui, ça a l'air de plutôt pas mal se passer. La preuve ? Il a écrit et composé une chanson sur sa situation familiale, *Le Monde moderne*, dont voici un extrait :

Sur les plages bondées en été
Les familles sont recomposées
Il y a la femme qu'on a aimée
Et celui qui nous l'a volée
On n'aurait pas imaginé
Pouvoir un jour lui pardonner
Mais on compose avec son temps
Quand on voit la joie des enfants

Voyez ! Le mec passe carrément ses étés avec son ex et le nouveau mec de celle-ci, pour le bien-être des gosses. Si ce n'est pas de l'abnégation, ça, on se demande bien ce que ça peut être (du masochisme ?).

LES RÈGLES DE LA MAISON

Chez vos amis

RIRE BEAUCOUP
ÊTRE TOLÉRANT
METTRE LA TABLE, DE TEMPS EN TEMPS
CROIRE EN SOI
TOUJOURS DIRE LA VÉRITÉ
TENIR SES PROMESSES
RESTER MOTIVÉ
SE SERRER LES COUDES
S'AIMER CHAQUE JOUR

Chez vous

ADRESSER LA PAROLE
À SA BELLE-MÈRE,
DE TEMPS EN TEMPS
ARRÊTER D'ÉVOQUER LA MÈRE À TOUT BOUT DE CHAMP
CE QUI SE PASSE CHEZ
PAPA RESTE CHEZ PAPA
ARRÊTER DE FAIRE LA GUEULE
DIRE BONJOUR, SI POSSIBLE
TIRER LA CHASSE D'EAU,
ÉVENTUELLEMENT

“

On ne dit pas...
« Ma belle-fille s'habille comme une pute. »

On dit plutôt...
« C'est drôle, cette mode *Pretty Woman* qui revient en force. »

”

Tu sais que tu es
belle-mère et que ta
belle-fille est en plein
Œdipe quand...

... tu as repéré que le
meilleur moyen de la
faire chouiner, c'est
d'embrasser son père
avec la langue.

« Ce qui est bien quand on est belle-mère, c'est que l'on découvre des plaisirs simples. Partir au travail, par exemple. »

SOLUTION EXPRESS

AVOIR SON MEC EN GARDE ALTERNÉE : UNE SEMAINE IL EST AVEC SES ENFANTS, CELLE D'APRÈS, VOUS LE RÉCUPÉREZ.

LES PLUS

UNE SEMAINE SUR DEUX, VOUS AVEZ TOUS LES AVANTAGES DU CÉLIBAT.

UNE SEMAINE SUR DEUX, VOUS PROFITEZ DE VOTRE MEC À 100 %.

VOUS POUVEZ TOUJOURS ESSAYER DE DEMANDER UNE PENSION ALIMENTAIRE À SA MÈRE.

LES MOINS

SI VOUS VOUS PLANTEZ DANS LES CALCULS ET QUE VOUS L'AVEZ LA SEMAINE OÙ IL A LES ENFANTS, VOUS L'AVEZ DANS L'OS, MAIS BIEN.

SI VOUS AVEZ LA POISSE, ILS TOMBERONT DANS LA SEMAINE OÙ VOUS ÊTES SEULE : VOTRE ANNIVERSAIRE, LE SIEN, CELUI DE VOTRE RENCONTRE, LA SAINT-VALENTIN, LE 31 DÉCEMBRE ET L'AUTRE JOUR SUPER-IMPORTANT POUR VOUS.

LES ENFANTS CROIRONT QUE C'EST EXPRÈS POUR NE PAS LES VOIR, C'EST FOU CE QU'ILS PEUVENT ALLER CHERCHER.

BON POUR UNE DISPENSE DE SQUARE
UN SAMEDI APRÈS-MIDI

BON POUR UNE DISPENSE DE SQUARE
UN SAMEDI APRÈS-MIDI

BON POUR UNE DISPENSE DE SQUARE
UN SAMEDI APRÈS-MIDI

Décryptage #4

Ce qu'il vous écrit :

> Au fait, comment ça va,
> tes allergies, ces temps-ci ?

Ce qu'il faut comprendre :

> J'ai acheté un chaton
> pour ma fille. Elle est
> tellement heureuse qu'elle
> veut s'installer à plein
> temps à la maison.

9 BONNES RAISONS DE DEVENIR BFF AVEC LA MÈRE DES ENFANTS DE SON BIEN-AIMÉ

☐ Elle travaille au service de presse de Chanel.

☐ Vous apprendrez peut-être des secrets honteux sur votre mec.

☐ Elle n'osera plus vous appeler « la sorcière » devant ses enfants.

☐ Vous saurez, enfin, de qui votre petite belle-fille tient son caractère de merde.

☐ Elle n'osera plus jamais déposer une main courante au commissariat parce que vous avez ramené ses gosses avec six heures de retard un dimanche soir.

☐ Elle pourrait vous prêter ses bottes en daim Isabel Marant.

☐ Vous ne serez plus jamais jalouse d'elle tellement elle a mauvaise haleine.

☐ En vrai, elle n'est pas si désagréable que ça.

☐ Beaucoup moins que ses enfants, en tout cas.

On évitera...

{ ... de se taper
le nouveau mec
de la mère des enfants,
juste pour se venger. }

Quand vous avez eu les enfants chez vous le jour de la Saint-Valentin

La belle-mère parfaite

« Mamour et moi, on n'est pas très Saint-Valentin. Trop commercial à notre goût. Mais cette année, on avait les enfants, alors on a fait une exception : on a décidé de fêter l'amour, tout simplement ! L'amour entre nous deux, mais aussi l'amour pour les enfants, qui dépasse de si loin les liens du sang. Alors on a cuisiné tous ensemble et on a dîné - tenez-vous bien - sur la table basse ! Pas très protocolaire, je le reconnais, mais il faut savoir bousculer les habitudes ! À la fin du repas, chacun avait préparé un petit mot d'amour à lire devant les autres. C'était un moment chargé en émotion. Ma plus belle Saint-Valentin, c'est eux. »

La belle-mère indigne

« Je te dis pas comme j'avais les boules qu'on se les tape le 14 février. Même pas moyen de pouvoir fêter ça tous les deux nus sur le canapé du salon, ça m'a rendue dingue. Comment ça, j'ai toujours trouvé que de toute façon c'était une fête de merde ?! Et alors ?! On n'a plus le droit de changer d'avis, maintenant ?! On s'est engueulés, tout ça parce que j'ai suggéré de les coucher pas trop tard (soi-disant que 18 heures, c'est trop tôt pour aller au lit), il est parti se coucher et je me suis vue en train de noyer mon chagrin seule dans la bouteille de champagne, mais finalement non, parce qu'il en avait pas acheté.

(En revanche, il avait bien pensé à prendre de l'Ice Tea pour sa fille, bordel.) »

Attention, phrase con #3

« SOIS PATIENTE, ILS RESTERONT PAS AVEC VOUS TOUTE LA VIE. »

Ah, bah ça va, alors, si j'en chie seulement jusqu'aux 18 ans de la petite dernière.

11 MALUS QUI RISQUENT DE RENDRE LES CHOSES ENCORE UN PEU PLUS DIFFICILES

- ☐ Vous êtes la prof de maths de votre belle-fille.
- ☐ Il a connu son ex en petite section de maternelle.
- ☐ Vous êtes la sœur de leur mère.
- ☐ Vous avez l'âge de votre beau-fils.
- ☐ Et il est super-séduisant.
- ☐ Vous étiez la nounou des enfants.
- ☐ L'enfant vous a grillée dans la chambre conjugale alors que ses parents étaient encore ensemble.
- ☐ Le père travaille de nuit et dort le jour.
- ☐ Vous travaillez de chez vous.
- ☐ Tous les potes de votre mec préféraient son ex.
- ☐ Il a 17 enfants de 12 mères différentes.

“

On ne dit pas...
« Sa connasse de mère monte ce petit con contre moi, c'est sûr. »

On dit plutôt...
« Il semblerait que cet enfant soit dans un conflit de loyauté qui doit être à la source de beaucoup de souffrance pour lui. »

”

« Ma belle-fille a déchiré la robe Sandro que je lui avais gentiment prêtée. J'ai jeté ses AirPods à la poubelle par mégarde. »

LE BINGO DES PHRASES QUE TU ENTENDRAS AU MOINS UNE FOIS DANS TA VIE DE BELLE-MÈRE

« De toute façon, t'es pas ma mère ! »	« Je peux t'emprunter ton dissolvant ? »	« TU SAIS, MA MAMAN, C'EST LA PLUS BELLE ! »
« GRMMMMPHHH. »	(Silence morbide)	« Tu la connais, ma maman ? »
« Regarde ! C'est une photo de maman et papa à leur mariage ! »	« Maman ne me force jamais à finir mes petits pois, elle. »	« J'ai déjà mis la table hier midi. »
« Papa a dit que oui, lui. »	« Pourquoi tu ne te laisses pas pousser les cheveux ? »	« Papa et toi, vous allez vous séparer ? »
« Tu peux me maquiller comme une catin ? Si, si, maman veut bien ! »	« *Vous allez acheter un camping-car ?* »	« Qui a terminé les Trésor®, putain ! »

« Aimer, c'est c'qui
y'a d'plus beau.
Aimer, c'est
voler si haut. »

Roméo et Juliette, comédie musicale

Tu sais que tu es
belle-mère quand...

... tu as déjà tapé
sur Google :
« Gestion crises famille
recomposée ».

Attention, phrase con #4

« FRANCHEMENT, TU CROIS PAS QUE TU RÉAGIRAIS DIFFÉREMMENT, SI C'ÉTAIT TON ENFANT ? »

Attention, scoop : oui, bien sûr que je réagirais différemment si c'était mon enfant, parce que tu oublies un détail : ça ne l'est pas, justement. Et si tu maintiens, en me regardant dans les yeux, que tu ferais pareil avec ton enfant qu'avec celui d'un autre, je te mets au défi d'utiliser un mouche-bébé ou de te faire mordiller les tétons par un môme qui n'est pas le tien.

GRAND JEU-CONCOURS :
remplace un des mots des titres de films connus par « belle-mère »

- Le Bon, la Brute et la Belle-mère
- Et au milieu coule une belle-mère
- L'Homme qui murmurait à l'oreille des belles-mères
- Chérie, j'ai rétréci les belles-mères
- Retour vers la belle-mère
- Qui veut la belle-mère de Roger Rabbit ?
- Un Indien dans la belle-mère
- L'Étrange Belle-mère de monsieur Jack
- Very Bad Belle-mère
- Le Ciel, les Oiseaux et ta Belle-mère
- Le Château de ma belle-mère
- La Belle-mère des anneaux
- 20 000 Lieues sous les belles-mères
- Vol au-dessus d'un nid de belle-mère

... Maintenant, c'est à vous !

Le chiffre qui (vous) fait mal

Il faut débourser environ 35 euros par an pour remplacer les piles des super-jouets d'un enfant, ceux qui vous cassent la tête avec leurs bruits stridents et anxiogènes.

Votre amoureux a trois enfants. Son budget piles s'élève donc à 105 euros à l'année. Alors oubliez ce petit resto gastronomique que vous deviez vous faire en amoureux.

On évitera…

{ … de coller
un autocollant
« enfant à bord »
sur le congélateur
de la cuisine. }

11 BONNES RAISONS DE DEVENIR BEAU-PÈRE PLUTÔT QUE BELLE-MÈRE

☐ Dans les contes de fées, vous ne serez pas systématiquement représentée comme un odieux personnage jaloux et cruel.

☐ Si vous décidez de ne pas vous occuper de vos beaux-enfants, on vous dira que c'est normal, ce n'est pas votre rôle, après tout, ces enfants ont déjà un père.

☐ En revanche, si vous vous en occupez un peu, on vous trouvera merveilleux.

☐ Quoi que vous fassiez, on ne vous accusera jamais de vouloir prendre la place du père.

☐ Si vous vous prenez pour le père et que vous demandez à vous faire appeler « papa », on trouvera que cette implication dont vous faites preuve au quotidien est précieuse.

☐ Si vous mettez la table de temps en temps, on dira à votre femme : « T'as de la chance, ton homme t'aide à la maison » et toutes ses copines fantasmeront sur vous.

☐ Même si vous ne branlez rien et que vous connaissez à peine le prénom du petit, on dira que c'est génial, pour lui, d'avoir un autre homme dans sa vie.

☐ Pour peu que son père soit un gros con, vous aurez tout gagné : on dira que vous êtes complètement indispensable à l'équilibre de cet enfant.

☐ Si ça vous gonfle de partir avec vos beaux-enfants et que vous insistez auprès de leur mère pour qu'elle les fasse garder, non seulement elle ne vous fera pas la gueule, mais en plus elle trouvera ça follement romantique, votre envie d'intimité avec elle.

☐ Vous pourrez assez facilement devenir pote avec l'ex de votre femme, qui globalement ne trouvera trop rien à redire sur vous, du moment que vous ne frappez pas son môme.

☐ Au pire, si ça ne marche pas avec votre femme à cause des enfants et que vous vous séparez à 50 ans, vous aurez encore le temps d'aller faire des bébés ailleurs.

« C'est scandaleux ! Assise face à deux enfants dans le train, j'ai demandé à changer de place pour plus de tranquillité et on me l'a refusé, sous prétexte que c'était ceux de mon mec. »

(*Adaptation libre du tweet de @seebyserena, avec son aimable autorisation.)

Décryptage #5

Ce qu'il vous écrit :

Leur mère ne veut pas échanger
son week-end avec le nôtre,
mais t'inquiète, je vais gérer, chérie !

Ce qu'il faut comprendre :

Les billets pour Marrakech
sont remboursables ?
Parce que c'est mort.

10 CHOSES QUE LA MÈRE DES ENFANTS NE VOUS DIRA JAMAIS AU SUJET DES VACANCES

☐ « C'est super, cette idée de partir en amoureux et d'envoyer les enfants en colo quinze jours en juillet, rien de mieux pour se forger de merveilleux souvenirs ! »

☐ « Pour récupérer les enfants début août, je viendrai les chercher là où vous serez en Corse. Mais non, n'insistez pas, Paris-Bastia-Bastia-Genève, c'est vite fait en avion. »

☐ « Vous préférez les prendre la première ou la seconde semaine ? Faites comme vous voulez, je m'adapte. »

☐ « Je suis tellement heureuse qu'ils partent faire de la randonnée avec vous. Ça les change des vacances de beauf qu'ils passent chaque année avec moi. »

☐ « Les enfants voudraient vous rapporter un petit souvenir de là où on passe nos vacances, qu'est-ce qui vous ferait plaisir ? »

☐ « Tu as une mine merveilleuse ! Je suis tellement heureuse que vous ayez bien profité de votre mois d'août en Martinique tous les deux ! »

☐ « Vous devriez partir tous les deux en amoureux. J'ai un comité d'entreprise génial, je peux vous en faire profiter si vous voulez. »

☐ « Bien sûr que je garde les enfants quinze jours pendant ce temps-là. »

☐ « Comment ça, il veut que tu gardes nos mômes pendant la semaine de vacances où ils sont chez vous ? Attends, tu t'en vas et tu le laisses se démerder, c'est pas ton problème ! »

☐ « J'y pense, pourquoi on partirait pas toutes les deux, du coup ? »

Ce que vous reprochez officiellement à votre belle-fille

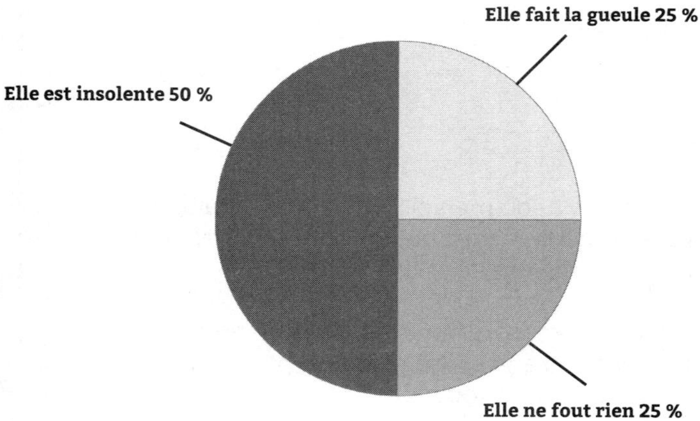

Ce que vous lui reprochez en vrai

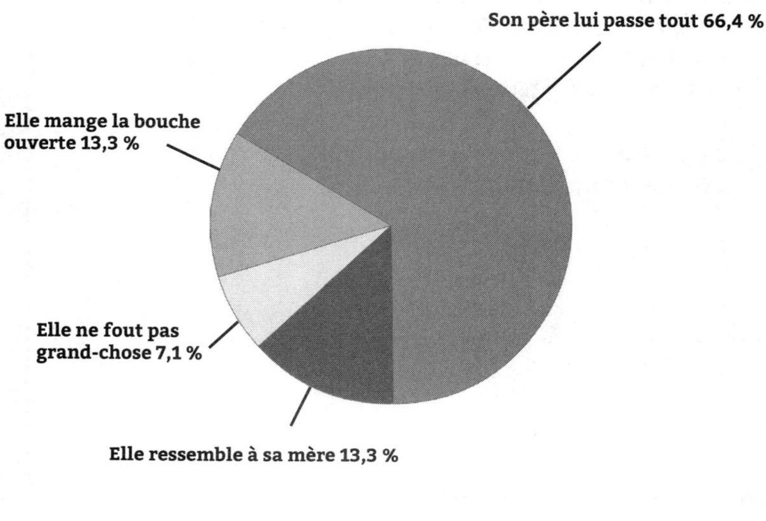

« C'est quand on pense que le pire nous est arrivé que le célibataire génial qu'on vient de rencontrer nous dit : "Au fait, tu veux voir des photos de mes enfants ?" »

Tu sais que tu es belle-mère quand…

… ça fait bien longtemps que tu as renoncé au rêve de partir deux semaines de suite en vacances à deux, hors vacances scolaires.

Alors OK pour les beaux-enfants, mais ça, c'est non !

- L'autocollant « enfant à bord » sur le pare-brise arrière.

- Le pare-soleil Disney *Toy Story*.

- La parure de lit *Cars* alors que vous vous êtes fait chier à faire sa chambre en taupe et noir.

- Les baskets qui clignotent.

- Le mug de la belle-fille à message humoristique du type : « Je ne râle pas, je m'exprime ! »

- Le prénom à consonance américaine.

- La petite queue de rat, à l'arrière de la nuque du beau-fils.

Décryptage #6

Ce qu'il vous écrit :

Hugo voudrait que Tom vienne
dormir à la maison ce soir,
ça ne te dérange pas, Mamour ?

Ce qu'il faut comprendre :

Tom vient dormir à la maison.
Pourvu pour que tu ne
fasses pas la gueule
toute la soirée.

Tu sais que tu es belle-mère et que vous avez les enfants une semaine sur deux quand…

… tu as très envie d'encastrer dans le mur les belles-mères qui se plaignent de leurs beaux-enfants qu'elles ont « un week-end sur deux et la moitié des vacances ».

Devinette
Depuis que ma fille a changé de mec, mon budget cadeaux a été multiplié par trois.
Qui suis-je ?

Réponse : une « belle-grand-mère » en or, qui s'occupe des enfants de son gendre comme si c'étaient ses propres petits-enfants.

Quand leur père est en train de se pourrir avec leur mère au téléphone

La belle-mère parfaite	La belle-mère indigne
« Venez, les enfants, on va faire un jeu de société là-haut. Ne vous inquiétez pas, ce sont des histoires d'adultes, mais tous les deux veulent votre bien. »	« Vous êtes pour qui ? »

On évitera…

{ … de cacher
une barrette de shit
dans la chambre
du beau-fils pour
le faire accuser
(et condamner,
éventuellement). }

6 ASTUCES POUR QUE L'ON NE VOUS DEMANDE PLUS JAMAIS D'EMMENER VOS BEAUX-ENFANTS À L'ÉCOLE, EN SORTIE SCOLAIRE OU AUX ACTIVITÉS

☐ Leur proposer de conduire sur vos genoux et klaxonner devant le portail pour faire coucou à la directrice.

☐ Faire semblant d'avoir bu.

☐ Ou boire pour de vrai, au pire.

☐ Mettre Michel Sardou à fond et ouvrir les fenêtres au moment où vous arrivez devant, pour que vos beaux-enfants préfèrent mourir que de s'infliger ça une nouvelle fois.

☐ Prendre des photos de tous les enfants et les diffuser sur Instagram sans autorisation.

☐ Faire des histoires entre les enfants de la classe, en disant à Gustave qu'April l'a trompé avec Léon, et à Léon que Gustave a essayé de pécho sa mère.

Le silence est d'or.

Sauf quand on a des beaux-enfants.

Dans ce cas-là, il est suspect.

Tu sais que tu es
belle-mère quand...

... tu te fais
ligaturer les trompes
à 37 ans.

10 FAUTES DE FRANÇAIS

QUE VOUS DEVEZ ABSOLUMENT CORRIGER AUPRÈS DE VOS BEAUX-ENFANTS

On ne sait toujours pas très bien le rôle qu'est censé jouer une belle-mère auprès de ses beaux-enfants, mais ce dont on est sûr, c'est que les aider à parler mieux, c'est d'utilité publique.

☐ **La sœur à ma mère.**
« On dit la sœur de ma mère. D'ailleurs, pour t'en souvenir, il y a ce petit mnémotechnique tout simple : "On dit fils à pute ou fils de pute ?" Comment ça, un message subliminal ? Mais qu'est-ce que tu vas encore chercher ? »

☐ **Faut qu'on soye à l'heure.**
« Faut pas qu'on soye, faut qu'on soit. En revanche, faut qu'on aille, oui, je sais, c'est compliqué, mais ça viendra. »

☐ **Elle a dit elle arrivait bientôt.**
« Elle a dit qu'elle arrivait bientôt, tu veux dire ? C'est drôle cette manie QUE tu as d'enlever les "que" dans toutes les phrases, enfin, je dis QUE c'est drôle, mais en réalité, je dois bien avouer QUE ça ne me fait pas beaucoup rire. Dis-moi, à l'occasion, ce QUE tu fais de ce temps précieux QUE tu gagnes à supprimer ces mots des phrases. »

☐ **Ils croivent.**
« Il ne faut jamais – tu entends, JAMAIS ! – avoir confiance en ceux qui croivent. »

☐ **Je dois aller au docteur.**
« Je pense que ça serait mieux que tu ailles d'abord à l'orthophoniste. »

☐ **Je sais pas c'est qui.**
« Non, mon chéri, et il y a un paquet d'autres choses que tu ne sais pas. »

☐ **Autant pour moi !**
« T'excuser par SMS, c'est bien, mais si tu pouvais le faire sans fautes, ça serait encore mieux. On dit "au temps pour moi", c'est la base. »

☐ **Ce week-end, j'ai été à la piscine.**
« "Je suis allé à la piscine", tu veux dire ? »

☐ **Oui, je suis été contente.**
« Ah non, là, en revanche, on dit "j'ai été contente", parce que ça fait référence à ton état et pas à un lieu. Tu comprends ? Non ? Laisse tomber. »

☐ **Ça ressemble à un espèce de rat.**
« On dit "une espèce", alors c'est pareil dans cette phrase. Et ne parle pas comme ça de ta mère, s'il te plaît. »

AUTRES FAUTES

SUR LESQUELLES VOUS POUVEZ LES REPRENDRE SI VRAIMENT VOUS VOULEZ LES EMMERDER

☐ **Il y a une autre alternative.**
« Impossible, puisqu'une alternative désigne déjà un choix entre deux possibilités. Donc ça ne veut rien dire. Mais je suis quand même vachement agréablement surprise que tu connaisses ce mot. »

☐ **J'ai raté mon bac, je vais le repasser de nouveau.**
« Et donc, tu vas le rater encore, puisque "de nouveau" signifie "de la même manière", "avec les mêmes méthodes", alors qu'"à nouveau", lui, aurait signifié que tu le repasseras une nouvelle fois et qu'il serait peut-être alors couronné de succès. Quel dommage. »

☐ **J'ai commencé à ranger après qu'il soit parti.**
« Tu t'es essayé au subjonctif et j'en suis très touchée. Tu as même évité l'écueil du "qu'il soye", ce qui prouve que tu n'es pas si con. En revanche, on dit "après qu'il est parti", raté. Persévère, on ne sait jamais. »

☐ **Ça va mal se finir.**
« Ça va mal finir, effectivement, si tu continues sur ce ton, ou alors "ça va mal se terminer". En revanche, arrête un peu de tout mélanger, merci. »

☐ **Ce n'est pas de ma faute.**
« Si, ça l'est, puisqu'on dit "ce n'est pas ma faute" et que ce "de" n'a rien à faire ici. Va te coucher sans dessert et tu liras trois pages du *Bescherelle*. »

☐ **Je viens vendredi par contre.**
« Ah non, on dit "en revanche", t'as perdu, on passe le week-end en amoureux. »

☐ **Excuse-moi de te déranger.**
« Depuis quand tu me donnes l'ordre de t'excuser ? Si tu voulais être poli, c'est raté ; on dit : "Je te prie de m'excuser", non mais, on croit rêver. »

☐ **Malgré que tu es vachement plus belle que maman, je l'aime un peu plus que toi.**
« C'est normal, va, comment t'en vouloir. En revanche, "malgré" et "que", c'est comme ton père et ta mère, ça ne marche pas ensemble. »

☐ **Elle s'est faite une couleur.**
« Je salue ton effort d'avoir voulu accorder le participe passé avec le sujet parce que le COD est placé avant le verbe, mais, pas de bol, dans ce cas-là, la règle ne s'applique pas. Car le "s'" n'est pas COD mais pronom réfléchi. Le COD, c'est "une couleur" et il est placé après le verbe. Donc arrête un peu de faire de l'excès de zèle comme ça, c'est insupportable. »

☐ **Ceci dit, t'es géniale comme belle-mère.**
« C'est gentil, mais on dit "cela dit", puisque "ceci" concerne ce qui va suivre et "cela" ce qui précède. Or, puisque tu te réfères à quelque chose que tu viens de dire, tu es dans l'erreur. Mais je ne t'en veux point, va, t'es mignon quand même. Viens me faire un bécot. »

Attention, phrase con #5

« ILS N'Y SONT POUR RIEN, ILS N'ONT PAS DÉCIDÉ QUE LEURS PARENTS DIVORCENT. »

Merci Catherine Dolto, c'est vrai que si on leur avait demandé leur avis, ça aurait vachement simplifié les choses.

Décryptage #7

Ce qu'il vous écrit :

Il reste du Martini à la maison, chérie ?

Ce qu'il faut comprendre :

J'ai invité la mère des enfants à la maison avec son nouveau mec, c'est important de resserrer les liens.

13 CHOSES QUI NOUS RÉVULSENT CHEZ NOS BEAUX-ENFANTS... ET QU'ON AIMERAIT PRESQUE CHEZ LES NÔTRES

☐ Changer une couche avec la grosse commission dedans.

☐ Faire un Pouxit® et passer le peigne mèche par mèche pendant une heure (minimum).

☐ Les moucher.

☐ Leur mettre un suppositoire.

☐ Qu'ils nous parlent au réveil avec leur petite haleine chargée du matin.

☐ Laver leurs culottes.

☐ Leur faire un bisou sur la bouche.

☐ Tirer la chasse d'eau après leur passage.

☐ Enlever une crotte d'œil.

☐ Éponger leur vomi pendant une gastro carabinée.

☐ Passer 5 heures avec eux dans un TGV bondé.

☐ Leurs prouts. Même les plus gros.

☐ Trouver une serviette hygiénique sale dans la salle de bains.

[LA CONFESSION MARÂTRE #5]

SI TOI AUSSI...

Quand ton mec est au téléphone avec son ex, tu te planques sans bruit dans la pièce à côté pour écouter la conversation.

On ne dit pas...
« Dis-moi, Cunégonde, ta mère n'a jamais le temps de te faire un Pouxit® ou quoi ? C'est toujours pour ma pomme ! »

On dit plutôt...
« Cunégonde, ma chérie, tu as encore des petites bestioles plein la tête. Viens, on va jouer à la coiffeuse, ça va être follement amusant ! »

CES CHOSES MERVEILLEUSES
AUXQUELLES VOUS AVEZ FORCÉMENT RENONCÉ

☐ Partir en week-end en amoureux sur un coup de tête (il vous faut désormais consulter le tableau Excel des gardes de ses enfants avant d'envisager le moindre resto).

☐ Cultiver un intérieur instagrammable, épuré et scandinave.

☐ Avoir un espace personnel. Même 3 m^2 rien qu'à vous vous rendraient tellement heureuse !

☐ Faire l'amour en hurlant des grossièretés que même Rocco serait gêné s'il vous entendait.

☐ Manger des plats sains. Le velouté au potiron et le quinoa, c'est mort avec trois mômes à table.

☐ Vous endormir sans anxiolytiques.

☐ Lui rouler des grosses pelles dans le canapé. Sa cadette n'a toujours pas réglé son Œdipe.

☐ Un sac Chanel pour vos 40 ans. Votre mec se ruine en pension alimentaire.

☐ Trouver une serviette de bain sèche en sortant de la douche.

Quand c'est le mois de vacances où ils partent chez leur mère

La belle-mère parfaite	La belle-mère indigne
« Vous allez nous manquer, mais on vous écrira une petite carte postale. Profitez bien les loulous. »	« Profitez bien, ça passe vite un mois avec votre mère. Trop vite, malheureusement. »

C'EST SÛR, VOTRE BELLE-FILLE SE PREND POUR BLANCHE-NEIGE OU CENDRILLON

☐ Elle veut appeler sa marraine « bonne fée ».

☐ Elle refuse catégoriquement toutes les pommes que vous lui tendez.

☐ Elle est persuadée de communiquer avec un oiseau.

☐ Elle adore servir à manger et fait juste après une ridicule petite révérence.

☐ Elle tient absolument à dormir à même le sol, dans le grenier.

☐ Pour son anniversaire, elle a demandé des haillons.

☐ Dans la vie, plus tard, elle veut être femme de Prince charmant.

☐ Elle rêve d'être invitée à un bal.

10 CHOSES QUE LA MÈRE DES ENFANTS NE VOUS DIRA JAMAIS AU SUJET DE L'ARGENT

☐ « La pension ? Non, laissez tomber pour ce mois-ci. Va plutôt t'offrir un petit sac, la collection Sézane est à tomber. »

☐ « Tiens, j'y pense, j'ai le petit modèle rond et je ne le porte jamais, ça ne te dérange pas que je te l'offre ? »

☐ « Ça m'embête quand même, tout cet argent que leur père me donne tous les mois. J'espère que vous me le diriez, si vous aviez des difficultés. »

☐ « Il paraît que le père des enfants leur a acheté une brosse à dents la dernière fois. C'est adorable, mais ça me gêne. Dis-lui de bien les déduire de la pension pour le mois prochain. »

☐ « Ne vous embêtez pas, pour Noël, ils sont déjà largement assez gâtés comme ça de mon côté. »

☐ « Au pire, je leur dirai que vous avez participé aussi. »

☐ « Mais non, ça va, et puis de toute façon, ils croient encore au Père Noël, alors qu'est-ce que ça change ?! »

☐ « Oh, là là, j'ai encore fait une razzia chez Zara, que des trucs pour moi, alors que les enfants n'ont rien à se mettre ! Tu veux voir ce que je me suis pris ? »

☐ « Non, non, non, je ne veux rien entendre, je veux prendre en charge au moins la moitié des frais de voyage scolaire ; après tout, c'est une semaine où je n'aurai ni à le nourrir, ni à chauffer sa chambre, et c'est ce que couvre une partie de la pension. »

☐ « Écoutez, ça suffit, ça fait au moins trois paires de chaussures que vous lui achetez en un an. Bon, allez, je vous invite au resto pour la peine. »

Tu sais que tu es belle-mère quand...

... tu dois tirer la chasse d'eau AVANT d'aller aux toilettes.

BON POUR UNE RETRAITE
DANS UN ASHRAM
(DURÉE : 1 MOIS)

BON POUR UNE RETRAITE
DANS UN ASHRAM
(DURÉE : 1 MOIS)

BON POUR UNE RETRAITE
DANS UN ASHRAM
(DURÉE : 1 MOIS)

« Il pleut, mes beaux-enfants regardent désespérément par la fenêtre. Ils me font de la peine, je crois que je vais les laisser entrer. »

6 CHOSES QUE VOUS IGNORIEZ SANS DOUTE SUR CETTE *** DE BLANCHE-NEIGE...

☐ Sorti en 1937, *Blanche-Neige et les Sept Nains* est le premier film réalisé par les studios Disney. Il s'agit d'une adaptation d'un conte des frères Jacob et Wilhelm Grimm.

☐ Le budget du film atteint un record pour l'époque avec son 1,48 million de dollars, mais le jeu en vaut la chandelle, puisque la projection aurait atteint 20 millions de spectateurs en trois mois.

☐ C'est une jeune actrice de 18 ans formée à l'opéra, Adriana Caselotti, qui est choisie pour incarner la voix de Blanche-Neige.

☐ C'est le visage de l'actrice Janet Gaynor qui inspire les créateurs de *Blanche-Neige*.

☐ En 1939, soit deux ans après sa sortie, le film remporte l'oscar d'honneur.

☐ *Blanche-Neige et les Sept Nains* figure dans la majorité des listes professionnelles des meilleurs films de tous les temps, dont celle des 50 films à voir avant d'avoir 14 ans du *British Film Institute*.

... *VS* 1 CHOSE QUE VOUS IGNORIEZ SUR LA BELLE-MÈRE DE BLANCHE-NEIGE

Elle a eu l'honneur de faire partie des plus grands méchants du cinéma, selon l'*American Film Institute*.

Attention, phrase con #6

« EN MÊME TEMPS, C'EST DES ADOS ! »

Faux, ils étaient chiants bien avant de puer des pieds. On notera au passage que nos amis ont le droit de se plaindre de leurs propres enfants adolescents, mais quand il s'agit de ceux de notre mec, l'alibi « ados » tombe, invariablement, nous faisant passer pour une femme acariâtre et dénuée d'empathie.

Tu sais que tu es
belle-mère quand…

… tu demandes
de toi-même à faire des
heures supp' au boulot
le soir. Et même le
week-end. Surtout
un week-end sur deux.

L'INSTANT « TOLÉRANCE ZÉRO »

AU RESTAURANT

Quand vous allez au restaurant en famille – recomposée –, c'est à chaque fois la même sérénade : son aînée choisit systématiquement le plat le plus cher de la carte… et ne le termine jamais. On dirait qu'elle le fait exprès, cette petite conne, histoire de bien vous narguer en vous montrant que son père ne peut rien lui refuser (c'est souvent lui qui paie, OK, ET ALORS ?!).

À l'italien, en bas de la maison, elle prend toujours les *rigatoni* aux truffes. Au japonais, le menu B675, celui avec les trucs chelous aux œufs de poisson hors de prix. À la brasserie, le tournedos Rossini, alors que le foie gras l'écœure.

Ça vous horripile, vous avez l'impression qu'elle dilapide l'argent du ménage, qu'elle vous oblige, du coup, à faire attention et vous pousse presque à ne plus jamais prendre de dessert pour ne pas alourdir l'addition. Un enfer.

Quand c'est Bibiche, la chair de votre chair, qui pète les plombs au restaurant, bizarrement, ça vous attendrit presque. Vous pensez qu'elle a hérité de vos papilles délicates et exercées. Vous êtes ravie qu'elle ne se cantonne pas toujours au steak-frites. Vous exultez quand elle choisit le plateau de fruits de mer à 89 balles. Eh oui, vous êtes injuste, mais — faut-il le rappeler ? — Bibiche est votre enfant. Pas l'autre, là.

On évitera...

{ ...de dire à sa belle-fille
que si elle continue
à boulotter des Mars
glacés en cachette,
elle finira par
ressembler à sa mère. }

Devinette

Je trouve très important que les enfants de parents séparés voient leur père, et je pense qu'ils devraient d'ailleurs aller plus souvent chez lui, genre à plein temps, par exemple. Qui suis-je ?

Réponse : le nouveau mec de la mère des enfants.

SOLUTION EXPRESS

DIVISER LA MAISON EN DEUX : UN ÉTAGE POUR LUI ET SES ENFANTS, UN AUTRE POUR VOUS ET LES VÔTRES, SI VOUS EN AVEZ.

LES PLUS

VOUS POURREZ DÉGUERPIR DÈS QUE L'AMBIANCE COMMENCE À VOUS PESER. POTENTIELLEMENT, DONC, À CHAQUE FOIS QUE LES ENFANTS SONT LÀ.

VOUS N'AUREZ QUE VOS TRACES D'EXCRÉMENTS DANS VOS TOILETTES, ET ÇA, C'EST UN PETIT BONHEUR SIMPLE QUE L'ON OUBLIE VITE.

VOUS N'AUREZ À VOUS TAPER AUCUNE TÂCHE MÉNAGÈRE QUI INCOMBE AU RÔLE DE PÈRE DE VOTRE MEC.

SI VOUS N'AVEZ PLUS DE SEL, VOUS POURREZ ALLER LUI EN DEMANDER.

LES MOINS

SI VOUS AVEZ DES ENFANTS EN COMMUN, IL FAUDRA LES METTRE À CHEVAL ENTRE LES DEUX NIVEAUX. C'EST TOUT, EN FAIT.

« Ma mère m'a dit que j'ai été tellement chiante, petite, qu'avoir des beaux-enfants relous, c'était un juste retour des choses. Elle n'avait simplement pas réalisé qu'elle devrait les garder pendant les vacances scolaires. »

ERREUR DE BELLE-MÈRE : TOUT DONNER TOUT DE SUITE

Vous avez voulu faire bonne impression, alors vous avez dégainé très vite la panoplie de la belle-mère parfaite. Vous avez voulu voir briller les yeux de vos beaux-enfants et se poser sur vous avec amour ceux de leur père.

C'est normal, et on l'a toutes fait. Mais c'est une erreur. Une énorme erreur. Vous vous serez épuisée bien avant de recueillir ces regards-là, et ce pour une raison simple : si vous le faites dès le début, tout le monde trouvera ça normal. Après tout, vous saviez bien qu'il avait des enfants ! C'est quand vous commencerez à vous relâcher un peu que ça pétera et que l'on vous reprochera de vous désinvestir et de vous désintéresser des enfants.

Alors un conseil : commencez mollo. Mais vraiment mollo. Vous ne pourrez que mieux faire avec le temps, et tout le monde sera content.

Attention, phrase con #7

« CE SONT DES ENFANTS... C'EST TOI L'ADULTE. »

Mais oui, je n'y avais pas pensé. Merci, ça va beaucoup mieux du coup.

Tu sais que tu es belle-mère quand...

... globalement, tu trouves que les pères payent beaucoup trop cher en pension alimentaire.

(Celui de tes beaux-enfants, en tout cas.)

(Contrairement au père de tes enfants, dont la pension est si ridicule que tu es très tentée de faire un parallèle avec la taille de son sexe.)

Alors, c'est qui le patron ?

• Vous ne rangez jamais derrière eux, quitte à ce que votre maison ressemble à un stand dans un vide-greniers.

• Vous ne repassez jamais leurs fringues. À quoi bon, ce sont de vrais souillons ?!

• Vous ne servez jamais deux fois ses filles à table. Leur mère a de l'embonpoint, c'est pour leur bien.

• Vous les surdosez en Nautamine® avant chaque grand départ en vacances.

• Vous ne faites jamais de shopping avec eux. La pension alimentaire, ça sert à quoi, hein ?!

• Vous ne jouez pas au Monopoly®, ça va bien, hein. Vous avez réussi à esquiver pendant dix ans avec vos propres enfants, ce n'est pas maintenant que vous allez craquer.

• Vous ne faites jamais de tresses collées, y a pas écrit « coiffeuse » sur votre front.

• Vous ne leur préparez jamais de gâteau au chocolat. La pâtisserie, ça prend des plombes et ils engloutissent tout en 3 minutes.

• Vous faites toujours un (grand) détour pour éviter de passer devant JouéClub quand ils sont à l'arrière de la voiture.

• Vous ne changez jamais leurs draps. Ils sont là deux week-ends par mois, ça ne salit pas.

Voilà, le patron, c'est vous.

Mes chers beaux-enfants,
je suis de bonne humeur,
alors faites pas chier.

La phrase qu'on se répète en boucle quand on a trop envie de les claquer...

« Rien n'est plus terrible pour un enfant que d'apprendre à se consoler tout seul. »

Dan Franck, *La Séparation*

Et puis aussi, on n'est pas des monstres, hein !

La façon dont tes beaux-enfants t'appellent

La belle-mère parfaite	La belle-mère indigne
« Les loulous m'appellent Maminou, c'est vraiment beaucoup trop chouchou. »	« Les "loulous" ne m'appellent pas, ils me sifflent. Quand ils ont besoin de linge propre, par exemple. »

[LA CONFESSION MARÂTRE #6]

SI TOI AUSSI...

Tu as pris très au sérieux le diagnostic de l'ex de ton mec qui a détecté toute seule que son fils était précoce et hyperactif à la fois.

Chez une copine qui nous a invités chez elle un week-end où le beau-fils était là...

On ne dit pas...
« Je t'avais prévenue, ma biche, ce môme est un calvaire, et crois-moi, tu n'as encore rien vu. Tu comprends maintenant pourquoi je n'en peux plus ? »

On dit plutôt...
« On va faire marcher l'assurance pour le dessin sur le fauteuil. Il ne faut pas lui en vouloir, il n'a pas fait la sieste. »

7 PHRASES QUE VOTRE MEC NE PRONONCERA JAMAIS QUAND IL EST AU TÉLÉPHONE AVEC SES ENFANTS

☐ « Qu'est-ce que ça fait du bien de se retrouver quelques jours en amoureux sans vous ! »

☐ « Dites à maman que c'est gentil de proposer, mais qu'elle peut garder l'argent des allocations. »

☐ « Vous êtes gentils avec maman, hein ?! Rappelez-vous que quoi qu'il se soit passé entre nous, c'est une mère merveilleuse pour qui j'ai un respect infini. »

☐ « Bien sûr que je suis beaucoup plus heureux depuis qu'on est séparés. En même temps, vous avez vu comme j'ai gagné au change ? »

☐ « Oui, votre belle-mère va très bien. »

☐ « D'accord, c'est promis, je l'embrasse tendrement de votre part. »

☐ « À dans 6 mois, mes petits trésors ! »

*Ranger la maison
en présence de
ses beaux-enfants,
c'est comme se laver
les dents avec
du Nutella®.*

Lui : « Je vois bien que tu n'es pas très proche de mon fils, tu ne t'intéresses pas du tout à lui. »

Elle : « Mais arrête, enfin, chéri, je n'ai rien du tout contre Léo. »

Lui : « Théo. Il s'appelle Théo. »

6 CONSEILS POUR QU'IL N'ARRIVE SURTOUT RIEN DE MOCHE À LA MÈRE DES ENFANTS

(HISTOIRE DE NE PAS LES RÉCUPÉRER À TEMPS PLEIN)

☐ Surveillez son alimentation : oui, on est d'accord, ce n'est pas très simple à mettre en pratique, mais qui a dit que la vie était simple ? Assurez-vous, *via* vos beaux-enfants, qu'elle ne mange pas trop sucré ni trop salé, et qu'elle consomme bien cinq fruits et légumes par jour.

☐ Offrez-lui des paniers bio, afin qu'elle évite les pesticides. Pour que la démarche ne semble pas trop louche, deux solutions : le déposer de façon anonyme devant sa porte, ou prétendre que vos parents ont un potager et qu'ils ne savent plus quoi faire de tout ça.

☐ Fournissez-la en crème solaire. Choisissez un indice de protection maximal et glissez-la dans le sac de vos beaux-enfants le dimanche soir ; elle pensera que vous l'avez fait tomber là par erreur et s'abstiendra bien sûr de vous la rendre.

☐ Assurez-vous qu'elle est suivie par les meilleurs spécialistes. Pour cela, renseignez-vous attentivement sur le nom des meilleurs médecins, attendez qu'elle soit au téléphone avec les enfants et adressez-vous à votre mec d'une voix puissante en disant : « Je t'ai pas dit, mon amie Edwige a vu le docteur Truc, il paraît qu'il lui a découvert *in extremis* une cochonnerie que personne d'autre n'avait vue. »

☐ L'hiver, en cas de verglas, levez-vous à l'aube pour verser du sel sur la totalité de ses itinéraires quotidiens.

☐ Équipez votre hall d'immeuble ou l'entrée de votre pavillon de tapis antidérapants, si elle est amenée à déposer les enfants. Il ne manquerait plus qu'elle se pète une jambe sur votre territoire.

Tu sais que tu es belle-mère quand...

... en repensant à ta belle-mère à toi, la compagne de ton père, tu ne l'aimes toujours pas, mais tu la comprends un peu mieux.

On évitera…

… en jouant à
« Action ou Vérité »
avec les beaux-enfants,
de leur demander :

« Tu préfères ton
papa ou ta maman ? »

10 CHOSES QUE LA MÈRE DES ENFANTS NE VOUS DIRA JAMAIS AU SUJET DE L'ÉDUCATION

☐ « Ça ne t'ennuie pas si je t'appelle de temps en temps, quand j'ai besoin de conseils en matière d'éducation ? »

☐ « N'hésite pas à leur dire de la fermer, ils peuvent être très chiants parfois. »

☐ « Je les ai prévenus : ils te manquent de respect une seule fois et c'est la pension. »

☐ « Je dois bien reconnaître que leurs plus belles qualités, ils les tiennent de leur père. Surtout la fiabilité et l'honnêteté. »

☐ « Mais bien sûr que ça ira s'ils ont une chambre pour trois chez vous ! Ils adorent dormir ensemble. »

☐ « Je sais que tu as à cœur de bien faire, mais ne cède pas à tous leurs caprices. Je n'ai pas envie d'en faire des enfants rois. »

☐ « Quand je vois comment tes propres enfants sont élevés, je me dis que mes enfants ont beaucoup à apprendre de toi. »

☐ « Moi, je suis un peu à la ramasse, niveau éducation. Heureusement que leur père et toi, vous formez une équipe de choc. »

☐ « Il m'a raconté ce qui s'était passé la semaine dernière. Privé de foot. Ça lui apprendra à ne pas te demander la permission pour sortir de table. »

☐ « N'hésite pas à les corriger quand ils font des fautes de français. Ce n'est pas leur faute si je parle comme dans *Confessions intimes*. »

10 SITUATIONS DANS LESQUELLES VOUS AVEZ EU L'IMPRESSION D'ÊTRE UNE BELLE-MÈRE GÉNIALE (ET C'ÉTAIT BIEN VRAI)

☐ Le jour où vous avez rappelé à son père que c'était l'anniversaire du petit.

☐ Pendant la partie de P'tit Bac où vous avez accepté un « nours » pour l'animal commençant par la lettre N.

☐ Le lendemain de Noël, quand vous avez réussi à monter l'intégralité de l'hôpital Playmobil® avec une gueule de bois.

☐ Quand c'est vous qui avez trouvé le thème Harry Potter pour le 10e anniversaire de la cadette.

☐ Quand l'ado vous a dit que sa mère était vraiment trop conne et que vous avez répondu qu'on ne parlait pas comme ça, et qu'elle est peut-être juste un peu fatiguée.

☐ La fois où vous avez eu le réflexe de poser la main sur le coin de la table basse, pile au moment où le front du petit allait le rencontrer.

☐ L'année où vous avez soufflé l'idée d'un Polaroid® pour le Noël de l'aînée, parce que vous l'aviez entendu dire une fois que sa copine en avait un et que c'était trop bien.

☐ Le dîner où vous avez réussi à leur faire manger des courgettes, cachées dans un gratin de pâtes.

☐ Le jour où vous avez fait une surprise à l'ado belle-fille et qu'elle a découvert plein de photos Polaroid® de ses copines accrochées au mur.

☐ Le jour où la cadette a sorti : « Je n'aime pas dire du mal des gens, mais effectivement, elle est gentille » et que vous saviez que cette réplique, c'est de vous qu'elle la tenait.

Attention, avoir des beaux-enfants qui mangent du Nutella® fait rétrécir les jeans.

Tu sais que
tu es belle-mère et que
tu viens de t'engueuler
avec ton mec au sujet
des enfants, quand...

... le truc froid que tu
sens contre ton pied
droit en essayant de
t'endormir, c'est ton
pied gauche.

Parler le langage de ses beaux-enfants ados

C'EST PLUS PRATIQUE POUR COMMUNIQUER, VOUS VERREZ, ÇA VA ALLER

Meuf
Exemple : « T'es sérieuse, meuf ? »
Mot utilisé pour interpeller une amie. Mais si c'est à vous que l'adolescent s'adresse, c'est moyennement bon signe niveau quantité de respect qu'il vous porte.

Miskine
Exemple : « Miskine, j'ai plus de clopes. »
Mot-valise qui désigne au départ le mépris, mais qui veut un peu tout et rien dire.

Ficha
Exemple : « Il t'a mis la ficha. »
Il t'a mis la honte, il t'a affiché, bref, vous voyez l'idée.

OKLM
Exemple : « On est posés OKLM. »
On est au calme, tranquille, quoi.

Dar
Exemple : « C'est dar ici. »
C'est de la boulette, c'est mortel, sachant que ces deux derniers termes sont interdits depuis 2003 environ.

Sbeul
Exemple : « C'était le sbeul samedi. »
Si c'était chez vous, c'est mauvais signe, parce que ça signifie que c'était le bordel, le dawa, le bronx, l'enfer.

Seum
Exemple : « T'as 40 ans ? Tu dois avoir le seum ! »
Il vous signifie que vous devez avoir les boules d'avoir cet âge avancé, alors que non, vous trouvez plutôt que c'est dar, la quarantaine.

« Être optimiste,
c'est prendre en surprise
des billets pour un
week-end en amoureux
dans six mois, sans avoir
calculé si on aura
les enfants ce
week-end-là. »

« J'ai appelé mes beaux-enfants à table et ils m'ont dit qu'ils arrivaient. Du coup, j'hésite entre me mater toute la première saison de *Friends* ou commencer à repeindre les murs de la cuisine. »

ERREUR DE BELLE-MÈRE : VOULOIR RÉCONCILIER LEUR PÈRE ET LEUR MÈRE

Quand vous êtes arrivée dans sa vie, votre mec vous a confié à quel point les rapports avec son ex étaient tendus. Avec cet air de la fille qui en connaît un rayon en matière de bien-être (vous avez déjà suivi deux cours de yoga), vous avez dit que c'étaient sans doute des malentendus et que c'était important pour les enfants que les relations entre leurs parents soient plus apaisées.

Alors, tel un bon petit saint-bernard, vous vous êtes promenée parmi tout ce petit monde avec un tonneau de vin autour du cou, en faisant votre maximum pour initier un nouveau type de famille recomposée.

C'est adorable.

Mais il ne faudra pas vous plaindre le jour où vous retrouverez votre mec et son ex emboîtés dans le canapé… que VOUS avez financé.

“

On ne dit pas…
« Hors de question que je me tape un mois avec les enfants cet été. »

On dit plutôt…
« Ma grand-mère qui vit dans le Sud est malade, je crois que je vais partir là-bas en juillet. Comment ça, elle est déjà morte depuis un an ? Ce que tu peux être catégorique, parfois. »

”

L'INSTANT « TOLÉRANCE ZÉRO »

LES CHAUSSURES

Quand votre belle-fille dit que ses chaussures sont trop petites

Vous pensez : « Bah voyons, encore une manipulation de sa mère pour que ce soit le père qui paye. » Et vous avez même de la compassion pour cette pauvre enfant, dont les orteils sont les victimes innocentes de la connerie maternelle.

***

Quand votre fille dit que ses chaussures sont trop petites

Vous pensez : « C'est sûr qu'elle en a déjà parlé à son père et qu'il n'a même pas été foutu d'aller lui en acheter une autre paire. » Et vous réalisez alors que les chaussures de votre belle-fille, qui fait une pointure de plus, sont trop petites. Comme la vie est bien faite, parfois.

Tu sais que
tu es belle-mère
quand...

... un week-end sur deux et la moitié des vacances, tu commences l'apéro à 17 heures.

Devinette
J'ai trois enfants et une femme s'en occupe très régulièrement de façon bénévole, pourtant je répète souvent à mes enfants que c'est une vraie connasse.
Qui suis-je ?

Réponse : la mère des enfants.

10 PREUVES QUE VOUS N'ÊTES PAS SI MARÂTRE QUE ÇA

☐ Vous n'avez jamais demandé à votre belle-fille de frotter le sol avec une brosse toute la journée.

☐ Croiser le regard fiévreux de l'un de vos beaux-enfants quand il est malade vous donne envie de soulever des montagnes de Doliprane®.

☐ Ils vous emmerdent très souvent, mais que quelqu'un touche un seul de leurs cheveux et vous lui pétez les genoux.

☐ Au fond, vous détesteriez l'idée qu'ils vous détestent.

☐ La fois où votre beau-fils vous a fait une bise un peu plus appuyée que d'habitude avant des grandes vacances, on vous a bien vue, là, le regarder s'éloigner avec un petit pincement au cœur.

☐ Une fois, non, deux fois, vous avez fait un puzzle de 150 pièces avec eux.

☐ L'année dernière, à la fête des Mères, votre belle-fille de 9 ans vous a offert un bouquet de pâquerettes cueillies dans le jardin. Vous l'avez trouvé encore plus beau que ceux de chez Bergamotte.

☐ Il vous arrive de cumuler lasagnes, burgers, frites et pâtes bolognaise durant un week-end qu'ils passent avec vous. Alors que vous galérez depuis des mois à perdre ces p*** de 3 kg.

☐ Vous n'avez jamais tenté de mettre fin aux jours de votre belle-fille.

☐ Même si elle est vachement plus jolie que vous.

Quand il ne reste plus qu'une compote

La belle-mère parfaite	La belle-mère indigne
« Prends-la, enfin, ma puce, tu es en pleine croissance ! »	« Si tu vas me chercher une cuillère, tu pourras lécher l'opercule. »

« Quand j'étais petite et que je regardais des Disney, je rêvais d'avoir moi aussi des animaux qui font le ménage, pas un Prince charmant avec des enfants. »

Quand ça ne va vraiment pas avec votre belle-fille, dites-vous que, quelque part en France, une autre belle-mère a peut-être une belle-fille vêtue d'un tee-shirt « Attachiante ».

7 MOMENTS DE GRÂCE QUE VOUS VIVREZ

Parce que si c'était seulement pourri, comme situation, il n'y aurait plus de familles recomposées depuis longtemps et vous ne seriez pas en train d'essayer d'en rire... Zoom sur ces moments où on oublie toutes les galères (ou presque).

☐ Quand le prof principal du beau-fils convoque les parents pour dire qu'il est relou (et que vous recevez la nouvelle avec votre haussement de sourcils n° 64 – « je l'avais bien dit »).

☐ Quand ils vous sautent dans les bras, après les grandes vacances.

☐ Quand ils disent que les vacances chez maman, c'était bien, mais que quand même, ici, c'est mieux.

☐ Et que c'est drôle, maman elle a des petits trous partout sous les fesses et sur les cuisses, alors que toi t'en as pas du tout. (Oui, ça s'appelle la cellulite, mon chéri.)

☐ Quand vous mettez du vernis à la petite et qu'elle est fière comme un paon. Un joli paon.

☐ Quand vous sortez de la salle de bains, qu'elle vous regarde et vous dit : « T'es trop belle ! »

☐ Quand vous avez négocié auprès du père pour que le fils puisse sortir et qu'il vous sort un « merci » sincère de sa voix qui mue.

Babynours

Mes loulous
Les zouzous

Les pioupious

Ma princesse

Poussinette

Bonus :
notez dans les bulles vides les surnoms de ses zouzous d'amour à lui !

Ti'chat

Lapinous

5 belles-mères VIP

Les beaux-enfants, c'est un peu le *it*-accessoire que tout le monde s'arrache. La preuve, avec ces *people* passées par la case « belle-mère ».

La chanteuse de country **LeAnn Rimes**, en couple depuis 2010 avec l'acteur américain Eddie Cibrian, père de deux enfants de 17 et 13 ans, Mason et Jake. Et on voudrait bien vous y voir, vous, avec des beaux-enfants qui ont des prénoms de merde comme ça.

En épousant Brian Austin Green, l'actrice **Megan Fox** est devenue à 23 ans seulement la belle-mère de Kassius. Onze ans et deux enfants plus tard, le couple s'est séparé, évoquant des « différends irréconciliables ». Qui peut-être commencent par les lettres « kas » et se terminent par « sius », mais l'histoire ne le dit pas.

Elle a eu la chance de fréquenter Luke Perry de près durant les nombreux tournages de *Beverly Hills*, alors il n'y a pas de raison qu'elle y échappe : lorsque **Tori Spelling** rencontre Dean McDermott, il est déjà papa d'un petit Jack de 7 ans. Visiblement, l'enfant leur laissait un peu de temps, puisque le couple a ensuite donné naissance à cinq enfants.

Des beaux-enfants, l'actrice et productrice **Anna Paquin** n'en a « paquin » ! (Vous l'avez ?) Elle en a même deux, un garçon et une fille, depuis sa *love story* avec l'acteur britannique Stephen Moyer. Du coup, elle a eu deux enfants avec lui, histoire de bien remettre la balle au centre.

Gisele Bündchen est la preuve que l'on peut avoir un corps de rêve quand on est belle-mère ! (Vous ne voyez pas le rapport ? C'est normal, il n'y en a aucun.) Son mari, Tom Brady, s'est séparé de la maman de son fils John alors qu'elle était enceinte de trois mois.

Devinette
Je n'ai toujours pas compris qui étaient les enfants de papa, qui étaient les enfants de maman et qui étaient les enfants de papa et maman. Qui suis-je ?

Réponse : la directrice de l'école.

“

On ne dit pas...
« Tes enfants me cassent les couilles à traîner dans nos pattes pendant l'apéro et à bouffer tous les Chipster®. »

On dit plutôt...
« Et si on leur mettait une petite table d'apéro rien que pour eux dans la cuisine ? »

”

Tu sais que
tu es belle-mère et que
vous avez des enfants
chacun de votre côté
et d'autres en commun,
quand…

… bizarrement, sur les
invitations aux mariages,
il est souvent écrit :
« N'hésitez pas à faire
garder vos enfants ! »

SOLUTION EXPRESS

EMMÉNAGER TOUS LES DEUX DANS UN STUDIO DE 12 M². OUI, C'EST UN PEU JUSTE, MAIS IL FAUT CE QU'IL FAUT !

LES PLUS

LES ENFANTS PRÉFÉRERONT DORMIR CHEZ LEUR MÈRE.

UN LOYER RAISONNABLE.

PEU DE MÉNAGE, PEU D'ENTRETIEN.

LES MOINS

UN PETIT MANQUE D'INTIMITÉ.

LES TOILETTES SERONT *A PRIORI* SUR LE PALIER.

VOUS RISQUEZ DE VOUS PRENDRE DES RÉFLEXIONS, SOI-DISANT QUE C'EST PAS TERRIBLE DE PRENDRE UN 12 M² QUAND ON EST SUPPOSÉ ASSUMER QUATRE ENFANTS UNE SEMAINE SUR DEUX.

Décryptage #8

Ce qu'il vous écrit :

Les enfants vont peut-être arriver un peu plus tôt que d'habitude, ce week-end.

Ce qu'il faut comprendre :

Les enfants vont arriver mardi, *a priori*.

« Je ne suis pas magicienne, mais je peux faire disparaître les albums photo d'un premier mariage. »

L'INSTANT « TOLÉRANCE ZÉRO »

LA MUSIQUE

Quand c'est votre beau-fils

« Il écoute des musiques de merde avec des paroles qui ne sont pas de son âge. C'est quand même dingue de le laisser se pourrir les oreilles avec des immondices pareilles. »

***

Quand c'est votre fils

« Il a l'air sympa, ce jeune Jul. »

TOP 7 DES MEILLEURES BLAGUES

« TA BELLE-FILLE, ELLE EST TELLEMENT... »

☐ Ta belle-fille, elle est tellement grosse que lorsqu'elle se pèse, c'est son numéro de téléphone qui s'affiche.

☐ Ta belle-fille, elle est tellement bête qu'elle vient de s'apercevoir que son anniversaire tombait pile le jour de sa naissance.

☐ Ta belle-fille, elle est tellement méchante que quand son père sort avec elle, il la tient en laisse.

☐ Ta belle-fille, elle est tellement petite qu'on peut voir ses pieds sur sa photo d'identité.

☐ Ta belle-fille, elle est tellement grosse que pour la voir entièrement, on doit reculer de trois pas.

☐ Ta belle-fille, elle est tellement petite que sa tête pue des pieds.

☐ Ta belle-fille, elle est tellement neuneu qu'elle met un timbre pour envoyer un e-mail.

On évitera...

... en entendant
l'inévitable :
« T'es pas ma mère »,
de répondre :
« Non, et puisqu'on
en parle, ton père
non plus n'est
pas ton père. »

« Miroir, mon beau miroir... »

Ce qu'il dirait s'il savait parler, cet enfoiré.

- « Non, vraiment, j'insiste, tu ne devrais pas regarder ton reflet en te penchant au-dessus de moi. »

- « Voilà. Je t'avais prévenue. »

- « Non mais t'es pas mal, c'est juste que ta belle-fille est vachement plus sexy. »

- « Oups, pardon, elle fait beaucoup plus que ses 11 ans et demi. »

- « La vache, qu'est-ce que t'as pris cher en deux ans ! »

- « Tu te souviens des patchs antipoints noirs qu'on se collait sur le nez au collège ? Non ? C'est bien ce que je pensais. »

Tu sais que
tu es belle-mère
quand…

… face à ce Levi's dans lequel tu ne rentres plus, tu hésites très longuement entre en tirer quelques euros sur Vinted et le filer à ta belle-fille qui en rêve.

11 FILMS À REGARDER AVEC SES BEAUX-ENFANTS DE MOINS DE 10 ANS POUR QU'ILS AILLENT SE COUCHER PLUS RAPIDEMENT

- ☐ *Annabelle*
- ☐ *The Witch*
- ☐ *Shining*
- ☐ *Le Silence des agneaux*
- ☐ *L'Exorciste*
- ☐ *Les Dents de la mer*
- ☐ *Evil Dead*
- ☐ *Esther*
- ☐ *Massacre à la tronçonneuse*
- ☐ *Scream*
- ☐ *The Thing*

[LA CONFESSION MARÂTRE #7]

SI TOI AUSSI…

Tu as déjà prononcé la phrase : « Son ex ? C'est une perverse narcissique. »

ERREUR DE BELLE-MÈRE : DÉNIGRER LEUR MÈRE DEVANT EUX

Alors non, surtout pas. On le sait, c'est tentant, mais vous n'avez strictement rien à gagner dans l'affaire.

Les enfants vont vous haïr d'oser parler comme ça de leur mère, elle sera au courant dès dimanche soir, elle vous mettra la misère et vous l'aurez bien cherché. Vous demanderez à votre mec de vous défendre, il refusera pour ne pas empirer les choses, vous vous disputerez, vous dormirez sur le canapé, vous aurez la flemme d'aller chercher une couverture, vous attraperez froid, vous serez obligée de vous moucher tout le temps et vous aurez les yeux gonflés et le contour des narines rouge.

LA PRIÈRE DES BELLES-MÈRES

AU NOM DU PÈRE,
DU BEAU-FILS,
ET DU SAINT-ESPRITZ.
AMEN.

“

On ne dit pas…
« Ton fils, un haut potentiel ? Je te rappelle qu’à 6 ans, il ne sait toujours pas mettre sa cagoule à l’endroit. »

On dit plutôt…
« Ton fils, un haut potentiel ? Sûrement, avec le père qu’il a. »

”

10 CHOSES QUE LA MÈRE DES ENFANTS NE VOUS DIRA JAMAIS AU SUJET DE LA FAMILLE RECOMPOSÉE

☐ « Je suis tellement heureuse que mes enfants soient tombés sur quelqu'un comme toi ! »

☐ « Quand je vous vois si heureux, ensemble, je comprends combien il a eu raison de me larguer comme une merde. »

☐ « Hier encore, je disais à ma fille : "Sois indulgente avec ta belle-mère, elle n'a pas choisi d'avoir des beaux-enfants." »

☐ « C'est super que ma fille soit en contact avec une femme élégante comme toi. Avec le goût de merde que j'ai, je suis soulagée qu'elle ait accès à d'autres références. »

☐ « La seule chose qui me fait un peu peur dans tout ça, c'est que mes enfants te préfèrent à moi. »

☐ « En même temps, je les comprendrais, il n'y a quand même pas photo. »

☐ « L'autre jour, mon fils m'a dit qu'il voudrait un jour rencontrer une femme comme toi. J'ai trouvé ça tellement mignon. »

☐ « Comme je dis souvent, ce que je préfère chez mon ex, c'est sa nouvelle femme. »

☐ « Je ne sais pas comment te remercier pour tout ce que tu fais pour eux. »

☐ « Alors j'ai eu une idée. Tiens, c'est un cadeau pour toi. On a organisé un vide-greniers avec les enfants pour pouvoir t'offrir quelque chose qui te plairait vraiment. »

On n'est pas dans
un conte de fées.
Si à minuit ma
belle-fille a perdu son
soulier, c'est juste
qu'elle était
complètement bourrée.

Quand il n'y a qu'une seule chambre dans la location de vacances

La belle-mère parfaite	La belle-mère indigne
« Prenez-la, les enfants ! En plus, c'est génial, regardez, on voit la mer de la fenêtre. »	« Avec le bruit qu'on fait le soir, c'est mieux qu'on la prenne, avec papa. »

Recette de la tarte aux pommes empoisonnées, à offrir à votre belle-fille pour que ça passe crème

Épluchez et découpez en morceaux 4 pommes empoisonnées.

Mettez-les dans une casserole avec un verre d'eau et faites-les chauffer en remuant.

Quand les pommes empoisonnées ramollissent, ajoutez un sachet de sucre vanillé, et un peu d'eau si nécessaire. Laissez cuire jusqu'à ce que les pommes soient bien molles. Retirez la compote du feu et laissez-la refroidir.

Préchauffez le four à 210 °C (th. 7).

Coupez 2 pommes empoisonnées en fines lamelles.

Étalez une pâte brisée dans un plat à tarte, piquez-la avec une fourchette et ajoutez la compote refroidie.

Disposez dessus les lamelles de pommes en les positionnant de la façon la plus instagrammable possible. Parsemez quelques morceaux de beurre par-dessus.

Enfournez pour 30 minutes maximum, en surveillant la cuisson.

DÉCOUVREZ ÉGALEMENT AUX ÉDITIONS LEDUC.S :

Le Guide de survie de la jeune maman,
de Marie Thuilier

Édition collector • 128 pages • 15,90 €

Achevé d'imprimer en janvier 2020 par Novoprint
Dépôt légal : février 2020
Imprimé en Espagne